본문 속 그 장면은 어떻게 해야 빛이 날까?

- 방을 깜깜하게 한 다음, 이 책 본문에 햇빛이나 전깃불을 비춰 보세요.

- 그러면 신기하게도 뭔가 보일 거예요. 자, 빨리 해 봐요.

본문에는 빛이 나는 페이지가 세 군데 있답니다. 한번 찾아보세요.

조로리 시리즈 다음 권을 쓰는 게 나을지, 보물을 찾으러 가는 게 나을지 고민 중인 하라 유타카

장난천재 쾌걸 조로리

㉔ 공포의 보물찾기

하라 유타카 글·그림

노시시가 서둘러 뛰어가려는데

조로리가 말했습니다.

"잠깐 있어 봐! 저 사람들은 탐험대 같은데

틀림없이 뭔가 찾으러 왔을 거다.

잠깐 상황을 지켜본 다음에 움직여도 늦지 않다."

조로리 일행은
들키지 않게 조심하며
탐험대의 뒤를 몰래
따라갔습니다.

한참을 걷자 이끼가 무성한

오래된 유적지 입구가 나타났습니다.

"봐라! 어떠냐? 이 몸이 예상한 대로지?

저런 유적지라면 반드시 보물이 숨겨져 있을 거다.

무엇을 찾으러 왔는지 이 몸이 알아 오마."

이렇게 말하고 조로리는 몸을 숨기면서……

조로리가 도망치는 사이 탐험대는 난리가 났습니다.

"이걸 어쩌나. 손자 녀석의 책가방이랑

내 탐험용 배낭이 바뀐 줄도 몰랐네.

늦을까 봐 아침에 서두르다 그만."

"정신 챙기고 다니시라니깐요."

대원 하나가 그런 말을 하는데, 갑자기 박사가

새하얗게 질린 얼굴로 말했습니다.

"큰일 났네. 이 종이가 찢겨 있는걸!

찢겨 나간 부분이 어디 있는지 좀 찾아봐!

손자 녀석이 이 사실을 알면

울고불고 난리가 날 거야."

탐험 대원들은 흩어져 찾아다녔습니다.

하지만 좀처럼 찢겨진 종이를 찾지 못했습니다.

그도 그럴 것이 그 찢겨진 부분은 지금……

조로리 손에 들려 있기 때문입니다.

"어디 좀 봐유. 뭐라 적혀 있나유?"

조로리는 이시시와 노시시의

눈앞에 꼬깃꼬깃 구겨진 종이를

펴 보였습니다.

"어떠냐? 잘 봐라.

이제 저 동굴에 보물이 잔뜩 있다는 걸 알겠지?

히히히히."

조로리가 아주 기뻐하자 이시시가 물었습니다.

"…자는 금… 보화유? 그게 뭔가유?"

"척 보면 모르겠냐?

그야 당연히 잠자는 금은보화란 소리지!"

조로리가 자신 있게 대답했습니다.

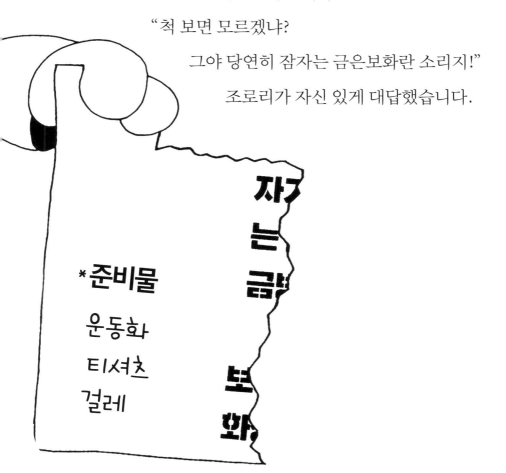

*준비물

운동화

티셔츠

걸레

자는 금

보화

잠자는 금은보화란?

 옛날 옛날 부자나 도적들이
땅속에 꽁꽁 숨겨 둔 돈이나
보물을 '잠자는 금은보화'라 하지.
그중에는 지금도 땅속 깊은 곳에
수백, 수천억의 가치가 있는
금은보화가 아무도 모르게,
잠들어 있다 이거야.

금·은·보화

"후훗.
그런
보물을
찾으면
근사한
조로리성도
금세
짓겠는디유."

"딩동댕. 그렇고 말고.

저 녀석들 아침까지 정신없이 잘 테니,

우리는 그 틈을 타서 잽싸게 잠자는

금은보화를 파내는 거다."

탐험대가 잠든 것을 확인한 조로리 일행은

동굴 속으로 들어갔습니다.

동굴 안은
반짝이끼에서
희미하게 빛이
나는 덕분에
어렴풋하게나마
길을 찾을 수
있었습니다.

꾸엑!
바, 바글
바글한
눈들이
우리를
지켜보고
있어유.

무서워서 떠는 이시시와 노시시의
기분이 궁금하다면 방을 어둡게 하고
오른쪽 박쥐들 눈에 불빛을 비춰 봐요.

쯧쯧, 저건
박쥐잖냐.
별것도 아닌 거에
그렇게 놀라면
아침까지
잠자는 금은보화를
파낼 수 없다.
자, 어서 서둘러!

보물에 정신이 팔린
조로리는 겁도 없었습니다.
힘찬 발걸음으로
거침없이 동굴 안쪽으로
들어갔습니다.
그런데 그곳에서
조로리가 본 것은……

"어? 벼, 벽에 이 몸의 모습이 그려져 있다. 대체 어떻게 된 일이지?"

"어쩌면 이곳은 조로리 사부님의
선조들이 남긴 유적지가 아닐까유?"
이시시가 말했습니다.
"아아, 그런가? 그럼 서두를 필요도 없겠군.
여기 있는 잠자는 금은보화는 원래부터
모두 이 몸의 것이니까.
틀림없이 엄마가 날 이 동굴로
이끌어 주셨을 거다. 훌쩍."
조로리가 감동하던 바로 그때!

어둠 속에서
새하얀 얼굴이
나타나
말했습니다.

제가 그린
조로리 씨의
'초상화'가
마음에
드시나요?

"저, 저건
조로리
사부님의 조상
유령인가유?"
노시시가 떨리는
목소리로
물었습니다.

"몰라, 모른다고.

이 몸은 저런 친척 본 적이 없다!"

조로리는 그 말을 남긴 채 일행과

정신없이 동굴 입구 쪽으로 달려 나갔습니다.

새하얀 얼굴에서 어느 정도
빛이 나는지 궁금하다면
방을 어둡게 하고 여자 얼굴에
불빛을 비춰 봐요.

그러자 천장에서
쭉쭉 뻗어 내려온
커다란 거미가
양팔을 펼치며
길을 가로막았습니다.

기다려요.
조로리 님!

놀란 조로리 일행은 방향을 바꿔
왔던 길로 다시 달려갔습니다.
도망칠 길을 찾으며
우왕좌왕하는 바로 그때……

명탐정 코난 올 컬러 학습만화

CONAN HISTORY COMIC SERIES

DETECTIVE CONAN

코난

세계사 탐정

일본 300만 부 판매 베스트셀러!

아오야마 고쇼 원작 | 야마기시 에이이치, 사이토 무네오 외 만화 | 정인영 옮김

추리의 무대를 세계사로!
명탐정 코난의 새로운 모험!
시공을 초월한
미스터리를 풀어라!

* 인기 만화 『명탐정 코난』 시리즈
  최초 올 컬러 학습만화
* 학습만화를 뛰어넘은
  역사 엔터테인먼트&모험 판타지
* 〈코난의 추리 NOTE〉로 역사 지식과 함께
  문화, 과학, 상식 등 교양이 UP!

서점별 초판한정 부록

일본 300만 부 판매 베스트셀러

초회한정 박스판

아오야마 고쇼 원작
전12권 | 올 컬러 양장판

1. 거대 피라미드 미스터리
2. 아틀란티스 미스터리
3. 모나리자 미스터리
4. 마르코 폴로 미스터리
5. 흑사병 미스터리
6. 살인마 잭 미스터리
7. 클레오파트라 미스터리
8. 폼페이 미스터리
9. 마야 문명 미스터리
10. 아라비안나이트 미스터리
11. 마리 앙투아네트 미스터리
12. 달 착륙 미스터리

교보문고, 예스24, 알라딘 등 온라인 서점 및 전국 오프라인 서점에서 만나실 수 있습니다.

"존경하는 조로리 선생님, 부탁드립니다."
우산귀신이 조로리 앞에 내민 것은
사인펜과 백지였습니다.
"앗, 이게 뭐야?"
조로리가 어리둥절해하자
"정말 죄송합니다. 우리 학생이
조로리 님 팬이라서 말이죠.

조로리 선생님의 사인을 꼭 받고 싶어 해서요.

사인 한 장 부탁드려요.”

굽실거리며 또 다른 요괴가 모습을 드러냈습니다.

“앗, 너는 요괴학교 선생!”

조로리는 여러 차례 이 선생을 구해 주었던 터라

잘 알고 있었습니다.

“너희 이 동굴에서 대체 뭘 하는 거냐?”

조로리가 물었습니다.

☆ 요괴학교 선생님은

○ 《공포의 저택》
○ 《유령선》
○ 《이상한 축구팀》

장난천재 쾌걸 조로리
다른 편에도 나옵니다.
읽어 보세요.

고민이 있는 미녀 요괴 4인방

설녀(눈보라여자)

⭐ 멋부리는 데 정신이 팔린 나머지 겁주는 일에 흥미를 잃어서 요괴 생활을 그만두려고 했다. 그러나 하얀 피부를 닦으면 닦을수록 더욱 무서워지는 자신을 발견하고 요괴로서 자신감을 회복했다. 그녀가 내뿜는 '눈보라 숨결'은 뭐든 꽁꽁 얼려버린다.

● 그녀는 '설녀'라고 불리는 것을 싫어합니다. 그러니까 꼭 '눈보라여자'라고 불러 주세요!

여기에 모인 네 명의 요괴는 모두 고민이 있어서 사람들을 겁주는 데 자신감을 잃었답니다. 그래서 한 달 동안 자신의 모습을 되찾는 특별훈련을 하러 이 동굴에 왔습니다. 특별훈련 덕분에 모두 건강해지고 보다시피 사람들을 겁주는 데 필요한 자신감도 되찾은 것 같습니다.

이야, 나 진심 무서웠다고.

긴목귀신

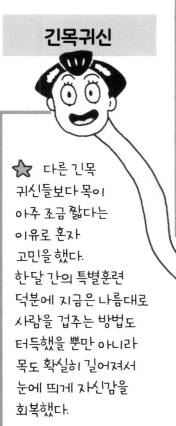

⭐ 다른 긴목 귀신들보다 목이 아주 조금 짧다는 이유로 혼자 고민을 했다. 한 달 간의 특별훈련 덕분에 지금은 나름대로 사람을 겁주는 방법도 터득했을 뿐만 아니라 목도 확실히 길어져서 눈에 띄게 자신감을 회복했다.

⭐ 금세 싫증 내는 성격. 거미줄조차 끈기가 없어서 쉽사리 끊어졌다. 그러나 이 동굴에서 특별훈련을 받은 덕분에 끈기가 생겼다. 물론 거미줄도 한결 끈끈해지고 튼튼해졌다.

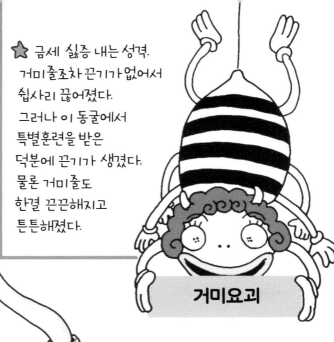

거미요괴

우산귀신

저기, 우리도 사인 해 줄까?

아니에요. 조로리 선생님 사인이면 충분해요.

⭐ 꽃무늬를 몸에 입혔더니 너무 귀여워졌다. 그 바람에 사람들이 무서워하지 않아 계속 고민 중이었다. 요괴 선생님의 충고로 꽃 한가운데에 눈을 그려 넣었더니 무서운 느낌이 살아나 자신감을 회복했다.

"그런데 조로리 선생님이야말로

여기엔 어쩐 일이신가요?"

이번엔 요괴학교 선생이 물었습니다.

"사실은 말이지, 이곳에 잠자는 금은보화가

묻혀 있다는 걸 알고 찾으러 왔다.

혹시 짐작 가는 데 없나?"

요괴들은 서로 얼굴을 쳐다보았습니다.

그때 거미요괴가 입을 열었습니다.

"동굴 맨
끝에 있는
신전이 좀
의심스럽긴
한데요."

거기다!
거기가
틀림없어!

조로리 일행은
즉시 안내를
받아 그 신전으로
향했습니다.

31

탐험 대원들이 오기 전에
잠자는 금은보화를 찾아내기
어렵겠다는 생각에 조로리의
어깨가 축 늘어졌습니다.
여러분, 조로리가 이대로
잠자는 금은보화를 포기할까요?

나는 이
석상이 신전을
지킨다고
생각해요.

여러 개
겹쳐서 뜨거운
물을 채우면
나름 욕조도
되지요.

33

여러분이
생각한 그대로
입니다. 조로리가
그리 쉽게 포기
할 리가 없지요.
조로리는
요괴들을 다 불러
모으더니 이렇게
말했습니다.

요괴들은 자기가 가장 자신 있는 기술로
놀래 주겠다며 의기양양해했습니다.
한편 조로리는 신전 한가운데에
높이 솟아 있는 석상 아래에서
눈을 반짝이며 서 있었습니다.

천재 조로리는 아침이 될 때까지
이 석상을 특별한 로봇으로
바꿀 생각입니다.

아침입니다.

탐험 대원들은 아무것도 모른 채

동굴 속으로 들어갔습니다.

"우아, 동굴이다. 반짝이끼 덕분에

손전등 같은 건 필요 없군."

박사가 우쭐대며 말하자

"쳇, 잊어버리고 온 거면서."

탐험 대원들은 모두 어이없다는
표정을 지었습니다.
그래도 박사는 굴하지 않고
"우리가 찾는 게 저 안에 있다.
자, 어서 서두르자!"
라며 앞장서서
동굴 안으로
뛰어갔습니다.

거미요괴는 천장에서 그 기절한 대원을 거미줄로 조정해

바위
쪽으로
옮긴
다음

바로 당신들이
솜사탕이 되는
거랍니다.
호호호호호.

어때요?
아주 끈끈한
실이 나오고
있죠?

와,
진짜 대단해.
정말 멋진
기술이군.

거미줄로
둘둘둘둘
탐험 대원 셋을
감아 버렸습니다.

43

박사는 뒤따르던 대원들이 어찌 된지도
모른 채 혼자 걷고 있었습니다.
그런데 주변이 갑자기 깜깜해졌습니다.
"이보게, 누가 손전등 좀 빌려 주겠나?"
박사가 큰 소리로 외쳤습니다.
하지만 아무도 대답이 없었습니다.

"다들 어디 간 거야?
전부 길을 잃은 건가?
아니지, 혹시 내가 길을 잃은 건가?"
박사가 살짝 불안감을 느끼던
바로 그때였습니다.

반
짝

주변을 환하게 밝히며
나타난 것은 눈부시도록
새하얀 얼굴을 한 설녀,
눈보라여자였습니다!

잘
오셨습니다.
후후후.

"으아악!"

박사는

비명을 지르며

눈보라여자 앞에 무릎을 꿇었습니다.

"제발 부탁입니다. 그 빛나는 얼굴로 저를
동굴 끝 신전까지 안내해 주시겠습니까?
저는 연구를 위해 꼭 찾을 것이 있습니다.
부디, 제발요."

그러고는 바닥에 엎드려 애원했습니다.

어라? 설녀 씨.
박사를 놀라게 하지 못했군.
지금 박사의 머릿속은
분명 잠자는 금은보화 생각으로
가득 차서 무서움 따윈 느끼지
못할 거다. 이 몸도 그 마음은
잘 알고 있지, 암.

조로리 선생님,
걱정 붙들어 매시죠.
그리고 설녀가 아니라
눈보라여자라고요.
이제부터 특기인
'눈보라 숨결'로
박사를 꽁꽁 얼게
만들 겁니다.
두고 보시라니깐요.

눈보라여자는
부드러운 표정을 짓더니
"알았어요, 박사님.
저를 따라 오시죠."
이렇게 말하면서 박사를
신전으로 안내하는 것이
아니겠어요?

"자, 박사님.
박사님께서 찾고
계신 것이
어디 있지요?"

어, 어떻게
된 거야?
눈보라
여자!

찾으실 때까지 제가 도와드릴게요."

"정말 친절하군요."

박사는 한참 신전 안을 두리번거리다

한곳에 눈길을 멈췄습니다.

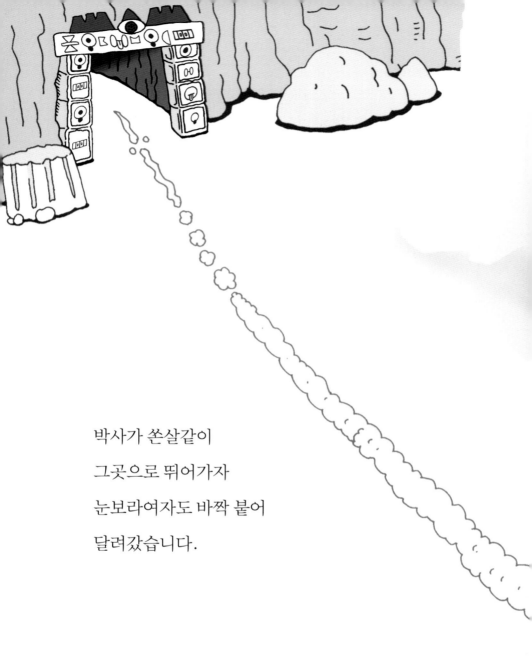

박사가 쏜살같이
그곳으로 뛰어가자
눈보라여자도 바짝 붙어
달려갔습니다.

"이거다, 이거야. 이게 바로

내가 오랜 세월 찾아 헤매던 거예요.

고마워요. 모든 게 당신 덕분입니다."

박사가 기쁨에 겨워 좋아하고 있을 때……

조로리는 신전 입구 쪽에서 뛰쳐나와

눈보라여자가 있는 곳으로 달려갔습니다.

그러고는 고맙다는 인사를 전했습니다.

"고마워. 그런데 보물은 어디 있지?"

"이거래요."

눈보라여자가 손가락으로 가리킨 곳에는

"오호호호호, 잘도 걸려들었네요.

자, 조로리 선생님. 이제 나오시죠.

여기예요. 여기에 보물이 있답니다."

눈보라여자가 우쭐대며 소리를 질렀습니다.

"역, 역시 눈보라여자다. 일부러 박사를 안내해서

잠자는 금은보화가 있는 곳을

찾아 주었군."

뾰족한 끝부분이 땅에서

비죽 나와 있을 뿐이었습니다.

"쳇! 이, 이게 뭐야!"

조로리가 발로 그걸 차려는 순간,

박사가 당황하며 말렸습니다.

딱

"이 귀중한 것에 뭔 짓을 하는 거냐?
지금 여기 보이는 것은 아주 일부에
지나지 않는다. 이 밑에는 말이지……."
"아, 그렇구나. 이게 잠자는
금은보화가 있다는 표시인가?
그럼 이 밑에 보물이 묻혀 있다는
거로군. 좋았어!"
조로리는 손가락을 튕겨
딱 소리를 냈습니다.

그러자 천장에서
거미요괴에게 묶인
다섯 명의 탐험 대원이
내려왔습니다.
"오오. 다들
 무사했구나.
다행이다.
다행이야."

박사와 대원들은
서로 반가워하며
다시 만난 것을
기뻐했습니다.

"이봐, 이 몸이 너희 좋으라고

한데 모이게 한 줄 알아?

빨리 거기에 있는 보물을 파내란 말이다!"

조로리가 으름장을 놓자

"당신이 말 안 해도 알고 있다.

우리도 그것 때문에 왔다고!"

박사가 단호하게 말하고는

그곳을 파기 시작했습니다.

조로리는 한동안 탐험 대원들이
땅을 파는 모습을 잠자코 지켜보았습니다.
그러다 밤을 새운 탓인지 피곤이 몰려와
자기도 모르게 잠이 들었습니다.
"이렇게 멋진 것이 파묻혀 있을 줄이야!"
"이거야말로 엄청난데?"

잠시 뒤, 박사 일행이 웅성거리는 소리에
조로리는 눈을 떴습니다.
조로리는 서둘러 일어나
"어, 어디 봐. 다 팠어?" 라고 말하며
탐험 대원들을 제치고
앞으로 나갔습니다.
그곳에서 조로리가
본 것은……

"그렇지만 대체 어떻게
가져가겠다는 건지 궁금하군."

"쳇, 남 걱정 말고 저 큰 응가를
어떻게 나를지나 생각하시지!
나는 준비가 다 되어 있으니까."

그렇게 말하고 조로리는
이시시와 노시시를 데리고

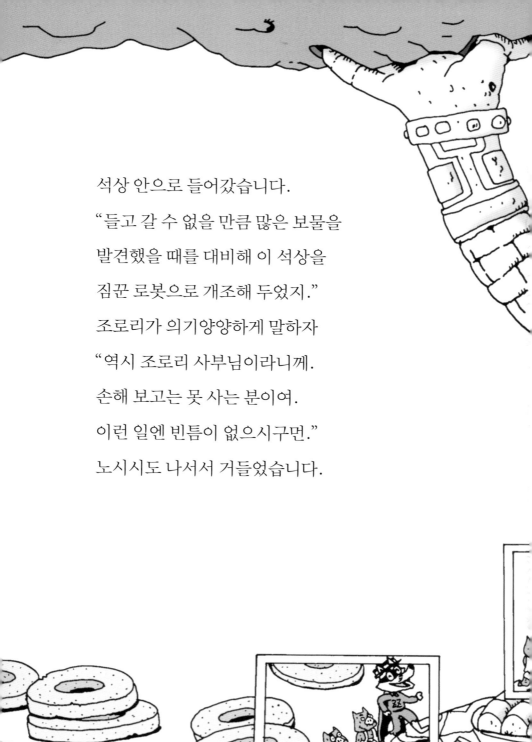

석상 안으로 들어갔습니다.

"들고 갈 수 없을 만큼 많은 보물을

발견했을 때를 대비해 이 석상을

짐꾼 로봇으로 개조해 두었지."

조로리가 의기양양하게 말하자

"역시 조로리 사부님이라니께.

손해 보고는 못 사는 분이여.

이런 일엔 빈틈이 없으시구면."

노시시도 나서서 거들었습니다.

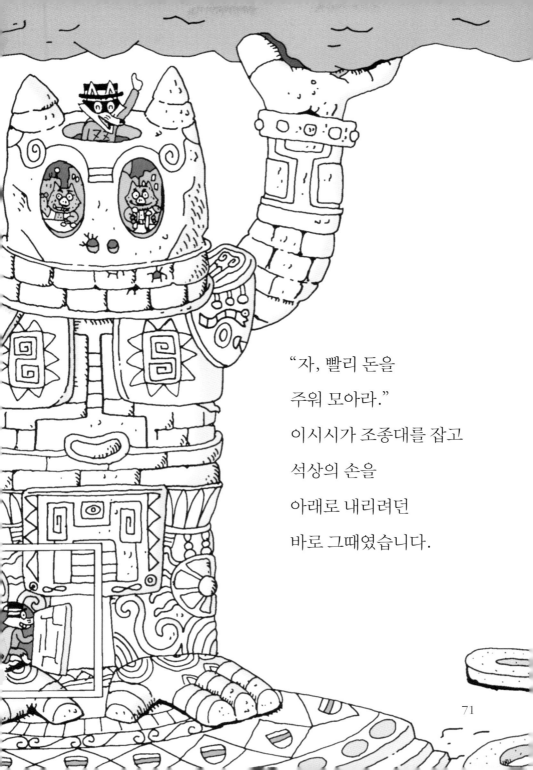

"자, 빨리 돈을
주워 모아라."
이시시가 조종대를 잡고
석상의 손을
아래로 내리려던
바로 그때였습니다.

갑자기 천장에 금이
가기 시작했습니다.
"이게 뭐, 뭔 일이냐.
석상이 이 신전을
떠받치고 있었구나!"
박사의 고함 소리를 들은
이시시는 서둘러 석상의
팔을 원래대로 되돌리려
했습니다. 그러나 이미
늦었습니다.

금이 간 천장이 무너져

내리더니 순식간에 동굴 입구를

막아 버리고 말았습니다.

"이대로라면 우리 모두

여기 갇힐 거다.

어, 어떻게 해야 하지?"

석상에서 뛰쳐나온 조로리가

박사 쪽을 돌아보니

탐험 대원들이 모두 힘을 합쳐
응가 화석을 밀고 있었습니다.
"뭘 하는 거지? 저 녀석들. 앗!"
그때 정면에 보이는 동굴 벽에 난
작은 구멍에서
빛이 들어왔습니다.

"그렇군! 저 응가의 뾰족한 부분을

벽에 부딪혀 구멍을 낸 다음 그 구멍으로

탈출하려는 것이로구나.

좋았어. 우리도 도우러 가자!"

조로리 일행은 박사가 있는 곳으로 달려갔습니다.

그러나 바로 눈앞에서……

박사와 탐험 대원들을 태운

거대한 웅가는 그대로 땅속으로

꺼지기 직전이었습니다.

바로 그때

설녀, 아니 아니 눈보라여자가
있는 힘을 다해 눈보라
숨결을 내뱉었습니다.
그러자 주변 온도가
급격히 낮아지면서 곧게 뻗은
얼음길이 생겨났습니다.

응가는 그 얼음길 위로

떨어지자마자 마치 제트 코스터처럼

벽 쪽으로 미끄러졌습니다.

콰광!
응가 화석은 벽에
커다란 구멍을
내고 힘차게 밖으로
나갔습니다.

좋았어.
우리도 이 동그란
돌을 타고 탈출하면
되겠구나.

천장도 무너지고 바닥도
갈라지는 마당에 욕심쟁이 조로리는
가장 커다란 돈을 고르느라
시간을 헛되이 보냈습니다.
그러다 간신히 고른 돈을
절벽 옆으로 날랐는데……

어느새 밖에서 들어온 따뜻한 공기에
얼음길이 녹아 당장이라도 무너져 내릴 것만
같았습니다.

"눈보라여자에게 다시 한 번
눈보라 숨결을 내뿜어 달라고
부탁해야겠다!"
하지만 눈보라여자는 이미 힘을 다 써 버리고
정신을 잃은 뒤였습니다.
아아! 이대로 조로리 일행은
동굴에 갇히고 마는 걸까요?

눈보라여자는
아직 기절 상태

아닙니다!

절대 그럴 수는 없지요.

조로리가 그렇게

쉽게 포기할 리가 없습니다.

조로리 일행은 긴목귀신의

기다란 목을 타고서 이 동굴에서

빠져나가기로 했습니다.

쑤우우우욱-

긴목귀신은 있는 힘을 다해

목을 길게 늘리고 또 늘렸습니다.

"해냈다. 탈출 대성공!"
기뻐하는 것도 잠시. 정말 돌 돈이 무거웠던 모양입니다. 긴목귀신은 무게를 견디지 못하고 그만 기절하고 말았습니다.

하나,
둘,
세엣!

"어? 아직
긴목귀신의
몸통이 동굴에서
빠져나오지 못했다."
조로리가 재빨리
말했습니다.
"이 몸이 신호를 보내면
모두 힘껏 목을
잡아 당겨라.
알았지?"

콰광!
긴목귀신의
몸통이
나오자마자
동굴은
엄청난
먼지를
일으키며
무너져
내렸습니다.

다행
이다.

경사로다.
경사로다.

휴우,
위험천만
이었구먼.

끄응~

있는 힘껏 마을까지 달려온 조로리는

목이 너무 말랐습니다.

마침 눈앞에 음료수 자동판매기가

있었지만 잔돈이 하나도 없었습니다.

'아, 맞다! 아까 동굴에서

이시시가 만 원을 벌었지.'

야, 이시시.
큰돈 깨서
잔돈으로
좀 바꿔 와!

그 사실을 떠올린
조로리는 뒤에 있는
이시시에게
소리쳤습니다.

한참 뒤에 이시시 일당이 달려왔습니다.

"이시시, 큰돈 깨서 잔돈으로 바꿔 왔지?"

"물론이구먼유!"

시원한 대답과 함께 모두 저마다

들고 있던 돌 조각들을 내밀었습니다.

"뭐, 뭐야? 그게?"

조로리 사부님께서
"큰돈 깨 오라."고
하셨잖아유.
돌 돈은 너무 커서
들기 힘든데, 이렇게
잘게 깨니까 모두 나누어
들기가 쉬워서유. 어때유,
머리 좋지유?

조로리만 빼고
다들 해맑게
웃었습니다.

결국 돌 돈은
이렇게 쓸모
없는 돌멩이가
되어 버리고
말았네요…….

맛있는 주스

하라 선생님의 축하 인사말

한국 어린이 여러분, 안녕하세요.

《장난천재 쾌걸 조로리》작가 하라 유타카입니다.

저는 어린이들이 계속 보고 싶어 하는 재미있는 책을 만들고 싶어서

《장난천재 쾌걸 조로리》를 쓰기 시작했습니다.

일본에서는 책읽기를 싫어하던 어린이들도

이 책을 읽기 시작한 후부터 다른 책도 읽게 되었다고 합니다.

한국 어린이들도 꼭 재미있게 읽어 주면 좋겠습니다. 잘 부탁해요.

하라 유타카

글쓴이 소개

하라 유타카 (原ゆたか)

1953년 구마모토 현에서 태어났다.

1974년 KFS콘테스트 고단샤 아동도서부문상 수상.

주요 작품으로는 《자그마한 숲》,《마탄은 마사오군》,《장갑 로켓의 우주 탐험》,《나의 보물 나막신》,《푸우의 심부름》,《내 것도 아빠 것처럼 되는 걸까?》,《시금치맨》시리즈 등이 있다.

옮긴이 소개

오용택 (吳龍澤)

일본대학교에서 예술학부 방송학과를 졸업하고 중앙대학교 신문방송대학원을 졸업했다.

중앙대학교 외국어아카데미에서 일본어를 강의했다.

그 외 카피라이터로 활동 중이며 아이들을 위한 좋은 책을 기획 번역하고 있다.

옮긴 책으로는 《건강한 삶, 건강한 기업》 등이 있다.

글·그림 하라 유타카
옮김 오용택

개정판 1쇄 인쇄 2024년 12월 1일
개정판 1쇄 발행 2024년 12월 11일

펴낸이 김영곤 **펴낸곳** (주)북이십일 을파소
기획편집 이장건 김의헌 박예진 박고은 서문혜진 김혜지 이지현
아동마케팅 장철용 양슬기 명인수 손용우 최윤아 송혜수 이주은
영업 변유경 김영남 강경남 황성진 김도연 권채영 전연우 최유성
해외기획 최연순 소은선 홍희정
디자인 윤수경 **제작** 이영민 권경민

출판등록 2000년 5월 6일 제406-2003-061호
주소 (우 10881) 경기도 파주시 회동길 201(문발동)
연락처 031-955-2100(대표) 031-955-2109(기획편집)
팩스 031-955-2122 **홈페이지** www.book21.com

ISBN 979-11-7117-745-5 74830
ISBN 979-11-7117-605-2 (세트)

다양한 SNS 채널에서 아울북과 을파소의 더 많은 이야기를 만나세요.

 인스타그램 @owlbook21   페이스북 @owlbook21   네이버카페 owlbook21   네이버포스트 아울북 ond 을파소

• 제조자명 : (주)북이십일
• 주소 및 전화번호 : 경기도 파주시 회동길 201(문발동) / 031-955-2100
• 제조연월 : 2024.12.
• 제조국명 : 대한민국
• 사용연령 : 8세 이상 어린이 제품

かいけつゾロリのきょうふの宝さがし
Kaiketsu ZORORI no Kyofu no Takarasagashi
Text & Illustraions©1999 Yutaka Hara
All rights reserved.
Original Japanese edition published in Japan in 1999 by Poplar Publishing Co., Ltd.
Korean translation rights arranged with Poplar Publishing Co., Ltd.
Korean translation copyright©2024 by Book21 Publishing Group.

대발견!
100만 년 전의 공룡 응가 화석 발견! 이것이야말로 진정한 공룡의 응가다!

탐험대와 함께 찍은 사진을 보면 그 엄청난 크기를 짐작할 수 있다.

멍멍 박사

멍멍 박사가 이끄는 탐험대가 어제 거대한 응가 화석을 타고 산에서 내려왔다. 이 응가는 보통 응가가 아니라 무려 100만 년 전에 살던 공룡의 응가다. 화석을 분석해서 연구하면 아주 먼 옛날, 공룡이 무엇을 먹고 어떤 생활을 했는지 확실히 알 수 있다.

역사적으로 매우 대단한 발견!

"이 응가를 발견한 장소는 거대한 석상이 있는 유적지였기 때문에 어쩌면 공룡과 원시인들이 함께 살았을 가능성도 있다. 분석 결과, 만약 그것이 사실이라면 이는 역사적으로 매우 큰 발견이다!"라고 멍멍 박사는 흥분된 어투로 말했다. 유적지에는 그밖에도 돌 돈과 벽화 등 귀중한 것들도 많이 있었으나 분별없는 유적 절도단 탓에 동굴이 무너져 그대로 파묻히고 말았다고 한다. 국립 박물관 측은 공룡의 응가가 이와 같이 원래의 모양 그대로 발견된 것은 상당히 드문 일이며 이는 귀중한 것이기 때문에 30억 원에 구입하고 싶다고 제안했다. 그러나 멍멍 박사는 분석 연구가 끝나면 세계 역사를 위해 기부하겠다고 발표했다. 그 동굴에는 우주인이 산다는 전설도 전해지고 있어서 원시인, 공룡, 우주인의 미스터리한 관계가 하나씩 풀리기를 모두 기대하고 있다.